U0065567

繪本

窗邊的小荳荳 1

文 黑柳徹子

圖 岩崎知弘

譯 林真美

目次

窗邊的小荳荳

小荳荳才一年級，
就被學校退學。
一年級耶!!
上個星期，媽媽被小荳荳的導師叫去學校，
老師毫不客氣的說：
「只要有你們家的女兒在，
教室就會不得安寧。
請帶她去別間學校吧！
我真的很頭痛！」

老師接著又說：

「我在上課，她一會兒掀開桌蓋，一會兒蓋住桌蓋，

掀掀蓋蓋，大概有一百次左右。

譬如說，我上的是聽寫課。

你家小姐先是把桌蓋打開，

我本以為她要把筆記本拿出來，沒想到『砰！』一聲，

蓋子又蓋起來了。

接著他又馬上掀開桌蓋拿出鉛筆，

很快的蓋起來後寫了一個注音符號。

然後，又將所有的東西收到裡面。

就這樣每寫一個字，就重複相同的動作！」

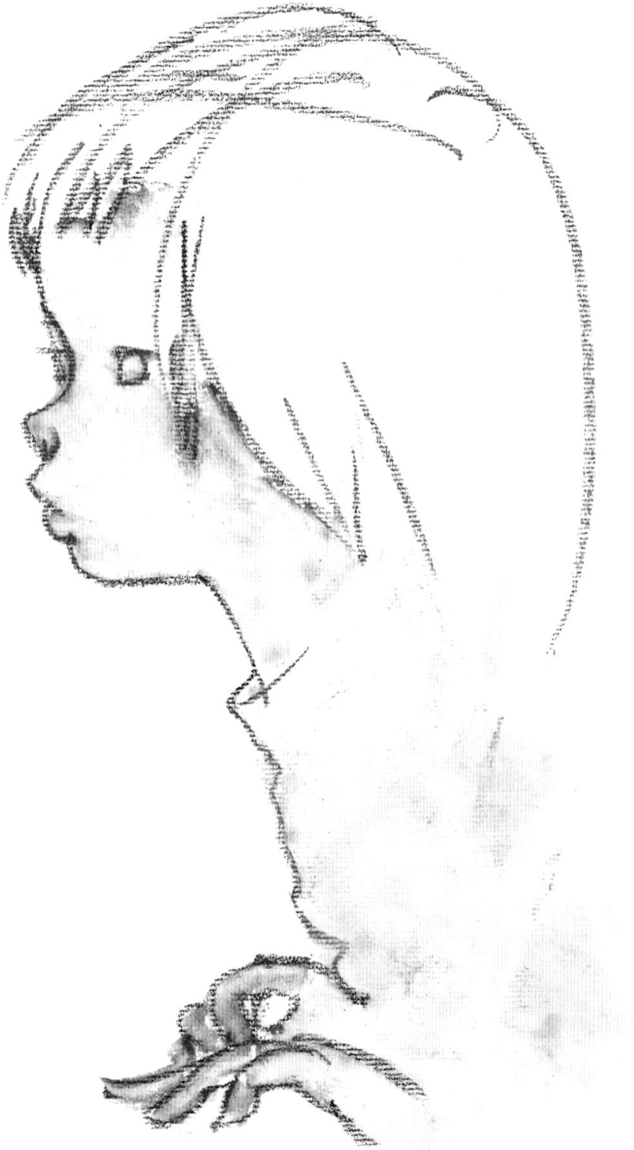

老師把聲音稍稍拉高，繼續說：

「我才想她已經不再製造書桌掀掀蓋蓋的聲音了，

接著就看到她在上課中，

一直站在窗邊！」

媽媽聽了好驚訝，問道：

「請問，她在窗邊做什麼呢？」

老師有點控制不住的叫了起來：

「她在叫喚東西屋耶!!」

根據老師的說法，

小荳荳站在窗邊看向外頭，

突然，對著窗外大聲叫道：

「東西屋——」

一等東西屋過來，

她就對著全班的同學大叫：「來了，來了。」

原本在上課的孩子，

全都跑到窗邊，

小荳荳對著東西屋說：

「拜託，表演一下啦！」

媽媽想，原來如此，難怪老師會覺得頭痛。

突然，

老師又拉高嗓門，說：

「還有，

昨天她又站到窗邊，這回是大聲問：

『你在幹什麼？』總之不知道是在和誰說話。

妳女兒不停的問：『喂，你在幹什麼啦？』

看她問個不停，我只好過去看看到底是誰，

沒想到，看到一群在屋頂下築巢的燕子。

原來，妳女兒在跟那些燕子說話。」

媽媽決定了。

（媽媽想，沒錯，這樣對其他的學生太干擾了。

去找另一間學校吧！）

媽媽並沒有將退學的事，

告訴小荳荳。

「想不想去新的學校看看？聽說是一間好學校哦！」

小荳荳想了一下，說：

「那，這個新學校，東西屋會不會去呢？」

總之，因為這樣，

小荳荳和媽媽朝新的學校走去。

新學校

來到可以清楚看到校門口的地方，
小荳荳停下腳步。
因為，之前的學校大門，
在看起來很堅固的水泥柱上，

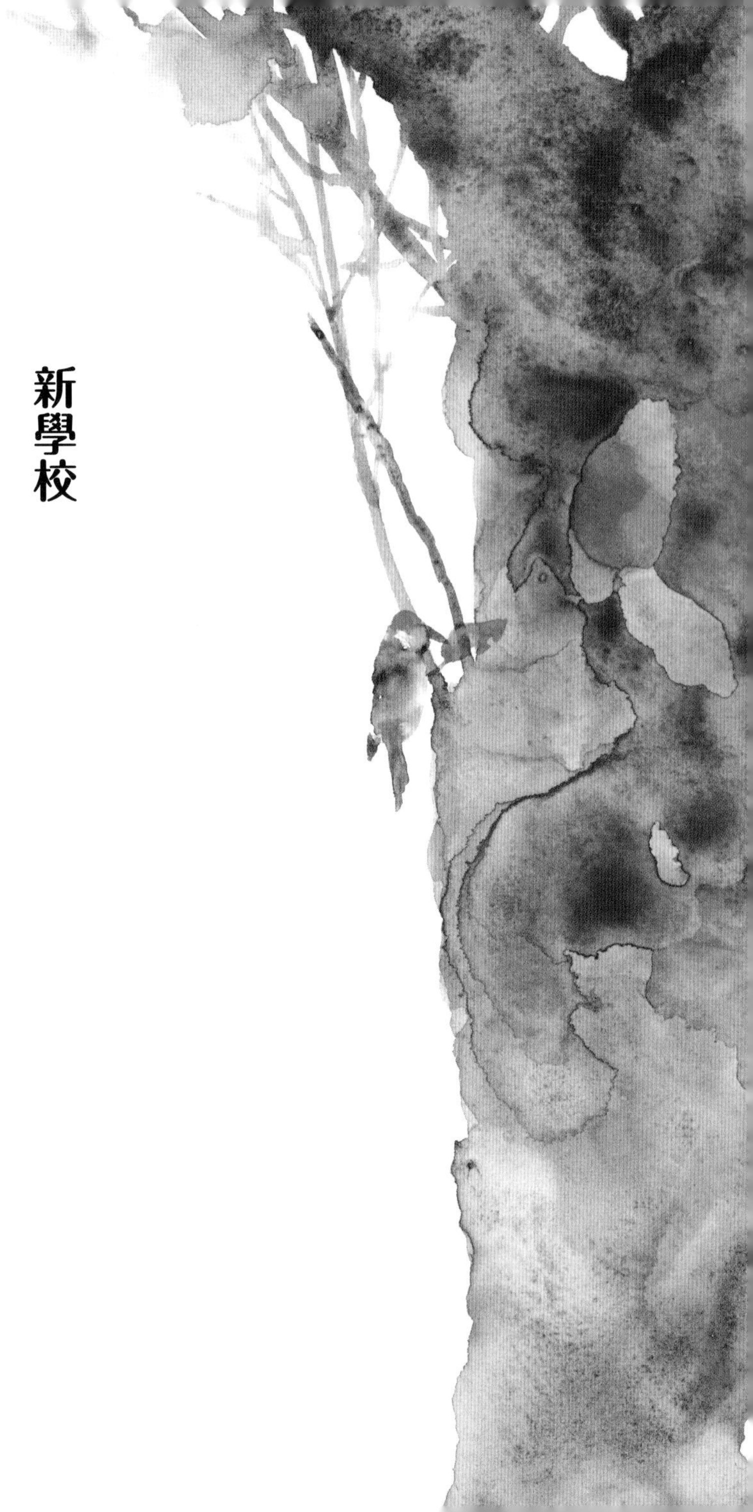

寫有大大的學校名稱。
可是，這個新學校的大門，
卻是長滿葉子的矮樹。
「從地底長出來的門耶。」
小荳荳對著媽媽說道：
「一定會越長越高，
長到比現在的電線桿還要高。」
小荳荳歪著頭，
將門牌上的字唸了出來：
「巴氏學園。」

就在這個時候。

小荳荳瞄到一個只會出現在夢裡的東西。

小荳荳彎下腰，把頭伸進矮樹叢的空隙，

瞧了瞧門內。

「媽媽！在校園並排的那些，

是真正的電車嗎？」

小荳荳覺得，自己好像在做夢。

「電車的教室……」

小荳荳：「耶——」歡呼了起來。
她朝著電車教室跑了過去。

「不可以這樣，
因為這間學校還沒答應要收妳啊！
如果妳真的很想搭乘這裡的電車，
那等一下見到校長，
就要仔細回答他的問話哦。」

「嗯，我超喜歡這間學校的。」

媽媽心裡很想說，
校長先生
喜不喜歡小荳荳，
才是問題所在，
但媽媽只是牽起小荳荳的手，
朝校長室走去。
每一輛電車都好安靜，好像不久前，
大家才開始上第一堂課。

小荳荳鬆開和媽媽緊握的手，

一臉認真的，小聲問媽媽：

「媽媽，我們現在要去見的，

是在車站工作的人嗎？」

「怎麼說？」

「媽媽之前有說校長擁有好多電車，

我在想，他應該是在車站工作的人吧？」

「那妳等會兒自己去問校長好了。

還有，妳要不要想一下爸爸的情況？

爸爸是拉小提琴的，

我們家有好幾把小提琴，

但爸爸並沒有在小提琴店工作，對吧？

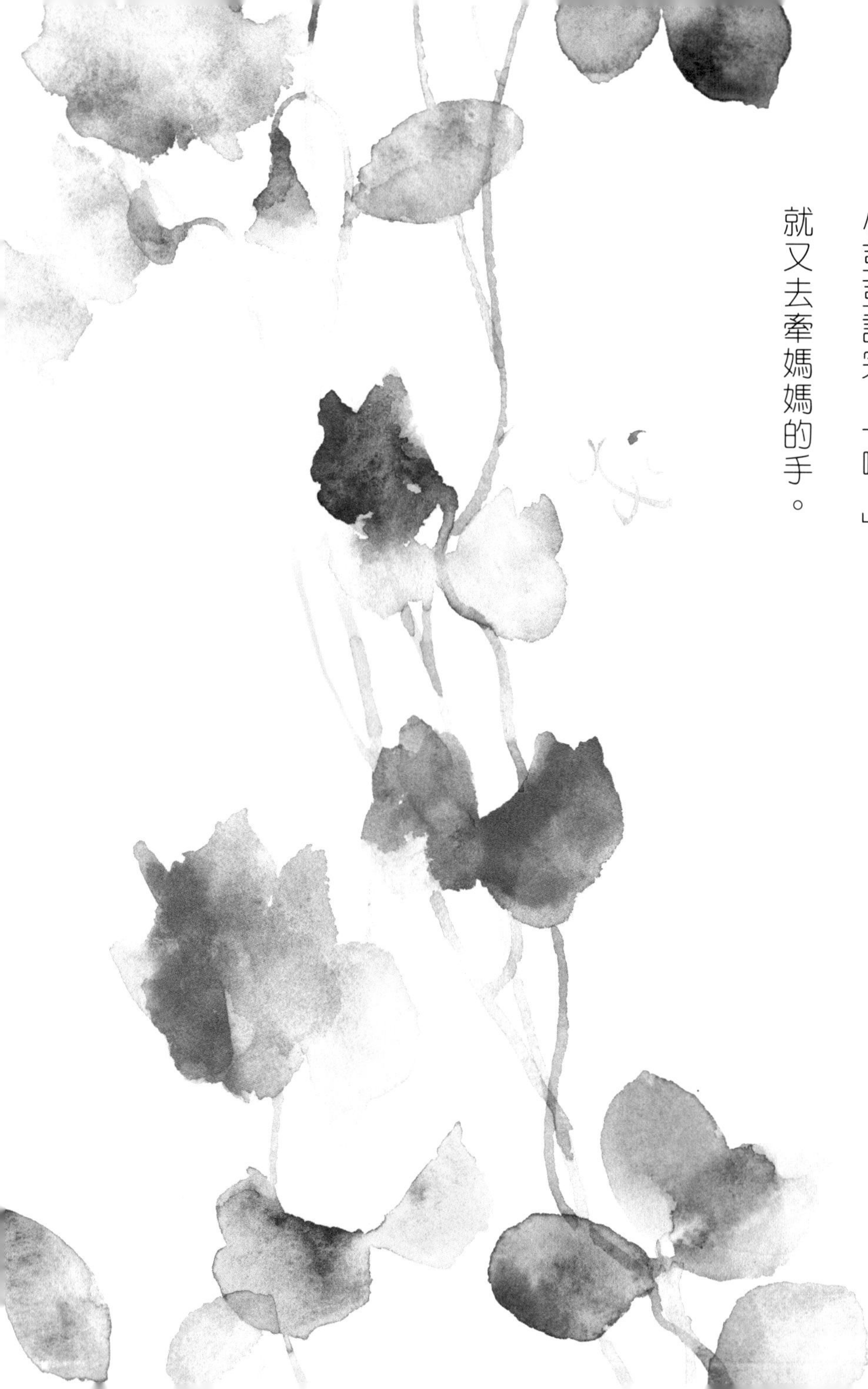

有各種不同的人，
也有各種不同的校長哦。
小荳荳說完：「哦。」
就又去牽媽媽的手。

校長

小荳荳和媽媽一進校長室，
屋子裡的男士
就陡地從椅子上站起身來。
那人的頭髮稀稀疏疏，
前排的牙齒掉了幾顆，
臉色紅潤，
雖然身材不是很高，
但肩膀和手臂看起來都很結實，
他穿著一套皺巴巴的
三件式黑色西裝套裝。

小荳荳很快的對他行禮，

中氣十足的問：

「你是校長，還是車站的人？」

那個人邊笑邊回答：

「我是校長哦！」

小荳荳開心的說：

「太好了！那就拜託你了，我想讀這間學校。」

校長對媽媽說：

「那，接下來我和小荳荳有話要說，

妳可以先回家了。」

小荳荳雖然有點不安，

但心裡想，如果是跟這個校長講話，應該沒問題吧！

校長對小荳荳說：
「來，想說什麼就說什麼。
把你所有想說的話，都跟校長說。」
小荳荳開心極了，
馬上打開話匣子。
她說今天搭乘的電車速度好快。
雖然跟車站的驗票叔叔要票根，
他卻不給人。
之前學校的導師，
長得好漂亮。
那個學校，有燕子來築巢。

家裡養了一隻叫洛基的棕色狗，
牠會聽從指令把手伸出來，會低頭道歉，
飯後會伸出舌頭表示牠很滿足。
爸爸是海泳健將，他會縱身跳進海裡。
小荳荳接二連三講個不停。
校長一會兒笑，一會兒點頭，有時又問她：「然後呢？」
小荳荳樂不可支，
繼續說個不停。
不過，最後，該講的話差不多都講完了。

「沒了嗎？」

小荳荳覺得在這裡結束，

實在太可惜了。

只見她腦袋瓜子轉啊轉的，

「太好了！」她又找到新的話題了。

那就是，關於小荳荳那天穿的衣服。

小荳荳告訴校長，

她每天傍晚從外面回到家，

衣服都是破的。

為了進到別人家的庭院，她不是從籬笆的下方爬過去，

就是從鐵絲網的空隙鑽過去，

所以衣服老是被磨破、鉤破。

也因此，今天早上出門時，
媽媽親手縫的漂亮衣服，每件都鉤痕累累，
沒辦法，只好穿之前買的衣服。
那是一件洋裝，雖然不差，
但媽媽說，領口用紅線繡的花，
看起來「很沒品味」。
小荳荳趕緊從椅子跳下來，拉著領口，
走到校長的旁邊，說：
「媽媽討厭這個領口耶！」
講完這句話，再怎麼絞盡腦汁，
真的都已經無話可說了。
小荳荳覺得有點傷心。

就在這個時候，校長站起身來。

然後，將他又大又溫暖的手，放在小荳荳的頭上：

「那，妳可以成為這間學校的學生了。」

就在那一剎那，小荳荳生平第一次覺得，

她遇到了一位自己真正喜歡的人。

因為，從出生到現在，

沒有人會花這麼長的時間，聽她說話。

（如果是這個人，我可以一直跟他在一起。）

這是和小林宗作校長見面的第一天，

小荳荳心裡所想的。

而且，讓人高興的是，

校長也和小荳荳一樣，有著相同的想法。

小荳荳跟著校長，
去看大家吃便當。
校長告訴小荳荳，
只有中午，大家不在電車上。他說：
「大家都在禮堂集合。」

來到禮堂，只見學生們吵吵鬧鬧，
圍坐在桌椅所圍成的大圈圈。
「其他的學生，到哪裡去了？」
「這些就是全校的學生喔！」
小荳荳覺得很不可思議。
因為，這裡的學生跟以前學校一個班級的學生一樣多。

「各位同學，
你們有帶山珍和海味來嗎？」
校長走進由桌子圍起來的圈圈裡，
一邊走，
一邊觀看每一個便當。
「什麼是
山珍和海味呢？」
小荳荳心中感到不解。
這個學校真的很不一樣，
好像很好玩的樣子。

電車教室

第二天，小荳荳早早起床，早早去學校。

「哇——」

和電車不一樣的是，駕駛座的地方放著黑板，

電車的長椅被人拆掉，

學生上課用的桌椅面向車頭排得整整齊齊，

還有，手拉吊環也不見了。

除此之外，就全都跟一般的電車一樣。

小荳荳脫鞋爬上電車，

試著在一個桌椅前坐下。

小荳荳好開心，她堅定的告訴自己：

這麼棒的學校，我絕對不會請假，
我每天都要來。

「啊，真開心！」

小荳荳把臉貼到窗玻璃，

就跟以前遇到開心的事情時一樣，

開始自己亂編歌，自顧自的亂唱。

　好開心　好開心

　好開心　好開心

　讓我慢慢告訴你……

剛唱到這裡，有人進來了。

是一個女孩。她從書包拿出筆記本和鉛筆盒，

將它們放到桌上，然後挺直了身體，

將書包和鞋袋放到置物架上。

小荳荳停止唱歌，急急忙忙有樣學樣。

接著，一名男孩進來了。
那個男孩在車廂入口處，
像投籃那樣，
把書包
丟到置物架上。
就這樣，九名學生
陸陸續續
上了小荳荳的電車，
他們就是巴氏學園
一年級的所有成員。
換句話說，也是要一起展開
電車之旅的同伴囉！

上課

這個學校最與衆不同的，
就是它的上課方式。
第一堂課一開始，
女老師就將一天的時間流程，
以及所有要上的科目提問，
全都寫在黑板上。
寫完以後，老師說：
「好了，從你喜歡的那門課，
開始進行。」
喜歡作文的孩子，拿起筆來寫作文時，

坐在後面喜歡物理的孩子，正在酒精燈上點火，
而像這樣有燒瓶發出噗咕噗咕聲音，一副有東西要爆炸的光景，
在每一間教室都看得到。
遇到不懂的地方，可以去問老師，
也可以請老師過來，
老師會說明到孩子聽懂了為止。
而這，才是真正的學習。

所有的事對小荳荳來說，
都好新鮮，
由於太興奮了，
根本沒有辦法靜下心來
馬上學習。
就在這個時候，
坐在小荳荳後面的男孩，
站了起來，
朝黑板的方向走去。
那孩子走起路來一拐一拐的，
一開始，
小荳荳以為他是故意的，

但仔細看，

小荳荳才曉得

他不是故意的，

而是他本來就這個樣子。

在兩人眼神接觸時，

男孩對著小荳荳

露出笑容。

小荳荳問他：

「為什麼你這樣走路？」

那個孩子用溫和的口氣靜靜的回答：

「我得了小兒痲痺。」

他的口齒清晰，聲音聽起來好冷靜啊！

「不只是腳，還有手。」

說完，男孩將他那手指和手指疊在一起，

看起來有點彎曲的手伸出來。

「不會好了嗎？」

那孩子沈默不語。

小荳荳擔心自己是不是問了不該問的問題。

沒想到，男孩用開朗的聲音說：

「我叫山本泰明，你呢？」

「小荳荳。」

於是，

山本泰明和小荳荳之間的友誼就此展開。

不知道是誰，把窗戶打開。
一陣涼爽的春風，鑽進電車，
孩子們飛揚的頭髮，有如在唱一首動人的歌。

海味與山珍

小荳荳等了又等，
終於等到吃便當的時間了。
就是那個「有海味、有山珍」的便當啊！
「山」指的是蔬菜和肉類
（雖然肉類不一定只有在山裡才有，
但因爲牛、豬、雞
都住在陸地，
所以被歸類在「山」），
「海」指的是魚或昆布之類。
校長拜託家長，

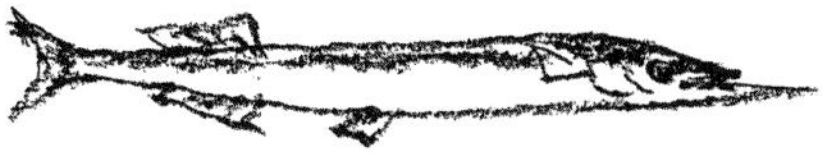

便當的菜餚，一定要包含這兩類。
而且，校長還說，
「不勉強」、
「不浪費」，
所以就算山珍是
「炒牛蒡絲和煎蛋」也沒關係，
海味可以是「柴魚」，
也可以是「海苔和醃漬梅」。
從自己所帶的菜餚中去發現
什麼是海味，
什麼是山珍，
也是一件讓人感到極其興奮的事。

散步

吃完便當，
大家一起到九品佛散步。
河的兩岸，
並排著之前開滿櫻花的大櫻花樹。
放眼望去，
還有一大片油菜花田。
天空好藍，
有好多的蝴蝶，
正四處飛舞。

女老師停下腳步，說道：
「這是油菜花。你們知道為什麼會開花嗎？」
於是，老師開始告訴大家關於雌蕊和雄蕊的知識。
在九品佛的佛寺，大夥兒看著仁王神的肚子，都笑了起來，
接著朝曾經有流星墜落的古井猛瞧，
然後把腳踩在
留有天狗大神足跡的大石頭上，
最後，繞池塘一圈，對著船上的人說：
「你好。」
就這樣，大家都玩得非常盡興。
小荳荳已經完全和大家打成一片，
感覺上，

好像已經跟大家認識
很久很久了。
「明天，我們再來散步！」
「好。」
小荳荳的心中，
充滿了歡喜。

名字

小荳荳真正的名字是「徹子」。
為什麼會叫這個名字呢？
那是因為出生前，大家都說：
「一定是男孩！」
所以，第一次生小孩的媽媽和爸爸，
就相信大家的預言，決定取名為「徹」。
結果，生下來的是女孩，
雖然傷了一陣腦筋，
但最後決定在「徹」字後面加一個「子」字，
就這樣，變成了「徹子」。

可是，本人不接受，
每當有人問她：
「妳叫什麼名字？」
她一定回說：
「小荳荳！」

小時候，我們常常將別人的讀音，
用自己的方式聽成另一個聲音。
大家叫的是「小徹徹，小徹徹。」
可是怎麼聽都像是「小荳荳，小荳荳。」
另外，還自認為那個「小」字，
也包含在本名之內。
雖然筆記簿上寫的是
「徹子」，
但還是認為自己真正的名字是
「小荳荳」。

物歸原位

今天，小荳荳最寶貝的錢包掉進學校的廁所裡。

錢包裡面雖然沒有裝錢，

小荳荳還是帶去上廁所，

可見這個錢包對她有多重要。

錢包以紅色、黃色、綠色的

緞帶編成一格一格的圖案，

形狀是扁平的四方形，上頭有個三角形的像舌頭一樣的蓋口，

那蘇格蘭犬形狀的銀色鈕釦，

看起來就像是個別針，

整個錢包給人一種非常華麗的印象。

這麼寶貝的錢包「咚」一聲掉下去，
小荳荳：「啊——啊!!」發出慘叫，
但就在同時，黑漆漆的下方，
已經看不到錢包的蹤影了。

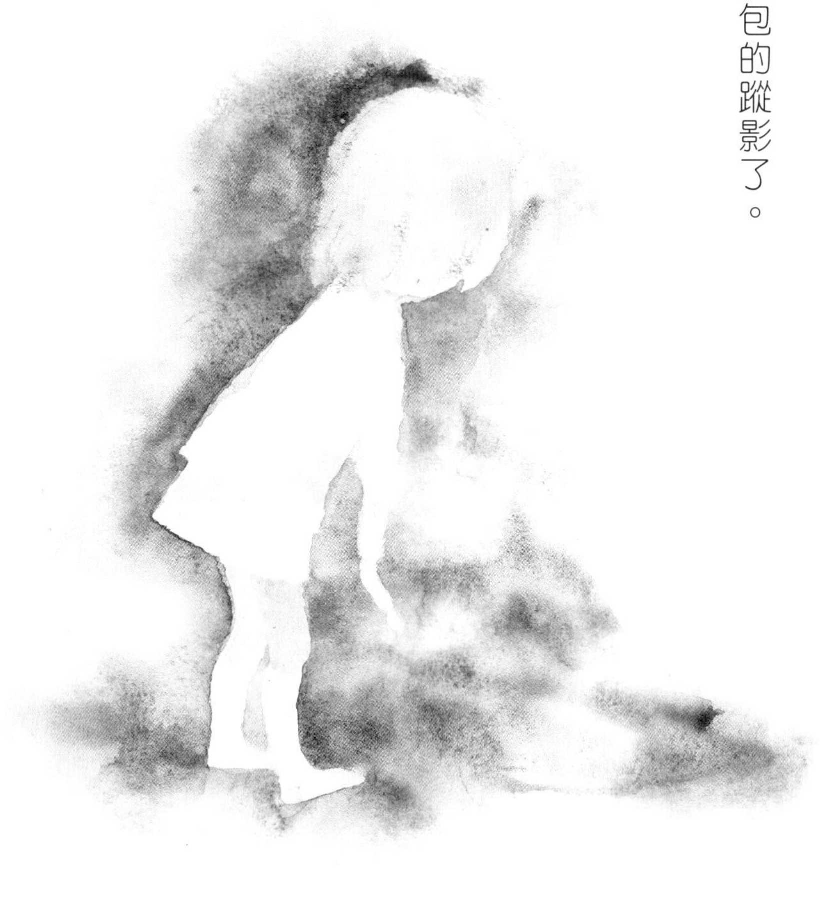

面對這種狀況，

小荳荳沒有哭，也沒有想到要放棄，

她馬上跑向工友叔叔的工具室，

然後，扛著灑水用的杓子走了出來。

接著，來到糞坑口，

用杓子開始舀出糞便。

舀出的東西，在糞坑一帶堆成一座小山。

當然，每舀起一杓子，

小荳荳就會檢查看看錢包是不是在裡面。

過了一陣子，

上課的鐘響了。

怎麼辦呢？小荳荳想，
好不容易做到這個地步了，
於是，她決定繼續。
而且，做得比剛才
還要起勁。

小山越堆越高。

剛好校長從廁所的後頭走了過來。

「妳在做什麼？」

「我的錢包掉下去了。」

「是喔。」

校長說完，就離開了。

就這樣，又過了一段時間。

錢包還沒找到。

那座山，愈來愈高了。

這時校長再次路過，他問：

「找到了嗎？」

「沒有。」

校長把臉靠近小荳荳，
用像朋友一樣的口吻說：
「結束以後，
要全部物歸原位哦。」

結果，錢包到最後還是沒有出現。
不過，就算沒有找到錢包，小荳荳還是很滿足。
因為，她覺得自己已經非常盡力了。
她的滿足還來自於：
『校長不僅沒有生氣，
還對她表示信任，
並且把她當成是一個有獨立人格的人看待。』
雖然，那時小荳荳還不能理解
這麼艱深的道理。
小荳荳果然按照校長的吩咐，一步一步把那座山鏟平，
將所有的糞便一杓一杓的移回糞坑。

電車來了

有一天，在學校的午休時間，校長的女兒美代說：

「今天晚上，有新的電車要來哦！」

用來當教室的電車，已經有六輛排在校園裡了，現在又要再增加一輛。而且，那是「圖書室專用的電車。」

一回到家，小荳荳就跟媽媽說：

「新的電車要來。電車要怎麼來，都沒有人知道。我要帶睡衣和毛毯。媽媽，讓我去好嗎？」

這樣的說明，應該沒有媽媽聽得懂吧！

小荳荳的媽媽也搞不清楚這是什麼意思。

可是，小荳荳的表情好認真，
看來是發生了一件很不尋常的事。
媽媽問了小荳荳好多問題，
最後終於曉得這是怎麼一回事。
約好要到學校集合的學生，
一共是十人左右。
「電車一到，我會叫醒大家。」
聽校長這麼說，
大家全都到禮堂，
裹著毛毯，準備睡覺。
（電車到底是怎麼運到學校的？
只要一想到這個問題，就睡不著。）

想歸想，孩子們卻因為過度興奮而感到疲累，
他們嘴裡嚷著：「一定要叫醒我哦！」
但是，說著說著，
卻敵不過睡蟲的召喚，
一個個全都睡著了。

「來了！來了！」

好像在夢境一般。

電車在沒有鐵軌的普通路上，

靜悄悄的

跑來了。

這輛電車，

是從大井町線的維修場，

用牽引車

拖來的。

將電車運送過來的大哥哥們，

在電車的下方鋪了好幾根粗木頭，
再一點一點的
滾動圓木，
讓電車從牽引車上
慢慢移動到地面。
早晨的陽光在大哥哥們
「嘿呦，嘿呦」的吆喝聲中，
一點一點的
露出臉來。

孩子們穿著睡衣，站在晨曦中。
因為太高興了，
他們紛紛爬到校長的身上，
讓整個人掛在校長的肩上或手臂上。
校長搖晃著身體，高興的笑著。
一看到校長的笑臉，
孩子們又笑得更開心了。
這一幕歡樂的畫面，
將永遠留在每個人的心中。

游泳池

今天早晨，校長對大家說：

「天氣突然變熱，我在想，游泳池應該要放水了。

「耶——」

大家全都跳了起來。

這時，小荳荳想，

平常游泳時，不都要穿游泳衣嗎？

老師有沒有告訴大家，今天要帶游泳衣啊？

校長好像看穿了小荳荳的心事，

緊接著說：

「不必擔心沒有帶游泳衣。你們要不要到禮堂去看看？」

小荳荳和一年級其他的同學快跑到禮堂，
只見大孩子們一邊尖叫，
一邊脫下衣服。
然後，像要洗澡時那樣，全身光溜溜的，
紛紛跑向操場。
小荳荳他們
也趕緊脫掉衣服。
熱風吹了過來，
光溜溜的身體感到一陣溫暖。
小荳荳赤腳跑下樓，
做完暖身操，

用冷水淋完身體，
大家一邊發出「啊——」、
「呀——」、「哇哈哈——」等
各種叫聲，
一邊跳進游泳池裡。
不論是身材瘦小的，或是有點胖的，
也不管是男孩或女孩，
大家都像剛出生時那樣，全身光溜溜的，
他們盡情的笑、盡情的鬧，或是潛入水裡。
小荳荳想，游泳池真是個既有趣、又舒服的地方。
在這裡，如果想穿上帶來的游泳衣，
也沒問題。

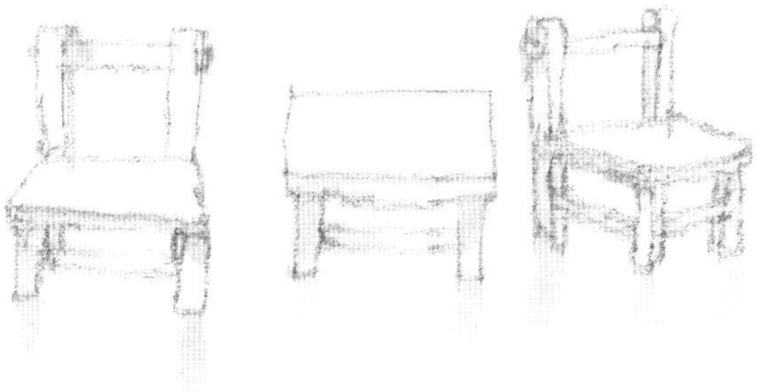

可是，為什麼校長要大家脫光衣服呢？
那是因為他想告訴孩子們，
每個人的身體都很美。
巴氏學園的小孩中，有像泰明一樣罹患小兒痲痺症的，
也有個子很小，
對自己身體有一些自卑的孩子。

校長認為，
大家都光著身體玩在一起，
可以讓那些自卑的孩子，
不再覺得自己不如別人。
而事實上，
一開始覺得害羞、自卑的孩子，
最後也都坦然以對，當快樂的心情蓋過了一切，
「丟臉」的念頭，
便消失得無影無蹤。
也因此，巴氏學園的孩子們，每到夏天，全身都像黑碳一樣黑。
沒有人的皮膚會留下穿游泳衣之後，所留下來的白色痕跡。

大冒險

和泰明約好的日子終於到了。

那個祕密約定，既沒有告訴媽媽、爸爸，

也沒有告訴泰明的家人。

那就是，「小荳荳要在她的樹上，招待泰明。」

巴氏學園的每個學生，

在校園裡都有一棵自己專用的樹。

小荳荳的樹，就在校園的最邊邊，

這棵樹長在竹籬邊，面對著要去九品佛的那條小路。

因為泰明有小兒痲痺，
所以不僅沒有爬過樹，也沒有一棵自己的樹。
也因此，小荳荳才決定要招待泰明，
邀請他今天到自己的樹上來。

小荳荳一到學校，
在空蕩蕩的校園裡，
就看到泰明站在花圃的旁邊。
小荳荳從工具室將梯子拖到樹旁，
自己先爬到上面，再往下叫道：
「好了，你可以爬爬看。」
可是泰明的手和腳都沒什麼力氣，
要靠自己爬一段階梯都有困難。

於是小荳荳跑到下面，從後頭推著泰明的屁股，

好讓他可以往上爬。

但是因為小荳荳是個又瘦又小的孩子，

光是要頂住泰明的屁股，就已經費了九牛二虎之力，

對於搖搖晃晃的梯子，根本就顧不了。

小荳荳想，怎麼辦……

「等等，我有一個好主意!!」

說完，小荳荳又衝到工具室，

將三角梯拿了過來。

小荳荳用姐姐的口吻對泰明說：

「聽好，這樣就不可怕了。因為這梯子不會搖搖晃晃。」

泰明抬頭看著樹，

像下了決心似的，開始爬上第一個階梯。

泰明好不容易才爬到三角梯的最頂端，

到底花了多少時間，他們兩人都搞不清楚了。

在過程中，小荳荳鑽到泰明的腳下，

不時的用手撐住泰明的腳，

或是用頭頂著泰明的屁股。

泰明也用盡力氣努力往上爬，
終於，爬到了頂端。
「耶！」
然而，接下來的情況只是讓人感到絕望。
那就是不論小荳荳怎麼拉拔，
都沒有辦法將在三角梯上的泰明移到樹上。
小荳荳好想哭，
不過，她忍住了。
小荳荳抓住泰明
因為小兒痲痺而扭曲的手。
泰明的手指，比小荳荳的還長，
手也比小荳荳的大。

小荳荳緊握著那隻手。

過了一會兒，說道：

「你要不要躺下來看看？我試著用拉的。」

如果這景象被大人看到了，他們一定會發出慘叫聲，

可見，他們兩人當時的樣子有多危險。

不過，泰明已經完全把自己交給小荳荳，

小荳荳則賭上自己的性命，

全力以赴。

小小的手緊緊抓住泰明的手，

使出全身的力氣，拉著泰明。

最後，兩人終於可以

面對面的坐在樹上。

滿頭大汗的小荳荳，
用手理了理
又濕又亂的頭髮，
鄭重其事的說：
「歡迎光臨。」
「打擾了。」
對泰明來說，
這是他不曾看過的景色。
「原來，
爬樹是這麼一回事，
我終於曉得了。」

接著，兩人在樹上
天南地北的聊著。
樹上不時傳來蟬的叫聲，
兩個人都好滿足。
對泰明來說，
這樣的爬樹經驗，
是第一次，也是最後一次。

堂
石井漠舞蹈學校
巴氏學園
圖書室
東橫線
游泳池
自由之丘車站
巴氏學園
會長大的門
大井町線
品佛川

流星墜落的古井
九品佛池
種田的老師
正殿
天狗大神足跡之石
仁王神之門
東門
油菜花田
九品佛淨真寺
參道
電車教室
九品佛綠道
小荳荳的樹
小荳荳的自由之丘

繪圖：小柏香

書中刊載頁碼	作品名稱	原始出處	創作年份
P46	竹筍	廣告	1960 年代
P.47	香菇	雜誌《母親與生活》1962 年 12 月份	1962 年
P.47	鱵魚	廣告	1960 年代
P.47	蘿蔔	廣告	1960 年代
P.49	春天的原野	教科書《改訂標準國語三年級上》	1972 年
P.51	女人和孩子們	《家庭教育 3 少年期》	1966 年
P.52-53	玫瑰與少女	畫刊《孩子的世界》1967 年 4 月號	1966 年
P.55	放下書包坐著的少女		1970 年代前期
P.57	草帽和少女	《小鬼的帽子》	1969 年
P.59	玻璃窗的雨簾	《下雨天一個人在家》	1968 年
P.61	野菊和提著購物籃的少女	教科書《小學新國語二年級下》	1968 年
P.63	看著窗外的少女	《搬來隔壁的孩子》(習作)	1970 年
P.65	春天的原野裡猜拳的孩子們	課外讀物《小學社會 1 太郎和花子》	1970 年
P.67	花與蝶	《兩個人的舞會》	1968 年
P.68-69	原野上排列在一起的孩子們	畫刊《孩子的世界》1970 年 4 月號	1969 年
P.71	薊、波斯菊和少女三人	《看孩子的眼睛 看保育的眼睛》	1966 年
P.73	牽牛花和三個孩子		1970 年左右
P.74-75	身體檢查	《識字書 13》	1966 年
P.76-77	海浪中的少女和少年	《波奇來過的海邊》(習作)	1973 年
P.79	薊和孩子們	雜誌《孩子的幸福》1968 年 8 月號	1968 年
P.81	綠色的幻想	雜誌《孩子的幸福》1972 年 7 月號	1972 年
P.83	6 隻麻雀	雜誌《孩子的幸福》1972 年 11 月增刊號	1972 年
P.84	注視著搬家卡車的少女	《搬來隔壁的孩子》	1970 年
P.87	握著手的少女的側臉	《拉洋片兒》目錄	1970 年
P.88-89	陽光下的街邊房屋	《鳥兒來的那天》	1971 年
P.90-91	有孩子們的街道	《鳥兒來的那天》	1971 年
封面	戴著深棕色帽子的少女		1970 年代前期
封底	蘋果與天使	畫刊《孩子的世界》1964 年 10 月號	1964 年
扉頁	穿著連身裙拿著小花的女孩		1960 年代後期

※ 以上作品在刊載時，只使用局部或加以修飾。

本書收錄岩崎知弘畫作一覽表

書中刊載頁碼	作品名稱	原始出處	創作年份
P.1	畫畫的女孩		1970 年
P.3	坐在教室椅子上的孩子	《家庭教育 3 少年期》（未使用）	1966 年
P.6	看著窗外的少女	《搬來隔壁的孩子》	1970 年
P.8	向樹林舉手的少女	《小鳥來的那天》	1971 年
P.11	窗邊的小鳥和少女	《小鳥來的那天》	1971 年
P.13	牽著手走路的母親和少女	《女兒誕生——我的軌跡》	1970 年左右
P.14	啄木鳥		1970 年
P.15	草叢裡的小鳥和少女	日曆——1972 年版 5・6 月	1971 年
P.16-17	隔著圍牆偷窺的孩子	《搬來隔壁的孩子》	1970 年
P.19	黃花和托腮的少女	明信片（雜誌《孩子的幸福》附錄）	1971 年
P.20-21	蝴蝶飛舞的原野	《寵物的生活》1969 年 2 月號	1968 年
P.23	香豌豆花和兩個人	《兩個人的舞會》	1968 年
P.24-25	大一些的小鳥和小一些的小鳥	《嬰兒來的那天》（習作）	1969 年
P.27	拿著藍色寬簷帽的少女	雜誌《孩子的幸福》1969 年 9 月號	1969 年
P.28	跑來的小狗	《波奇來過的海邊》（習作）	1973 年
P.29	少女的夢		1970 年左右
P.31	空中飄下的花和少女的背影	《神啊，把媽媽還給我》	1966 年
P.33	兩隻小鳥	《嬰兒來的那天》	1969 年
P.35	並排吃便當的孩子們	《家庭教育 2 幼兒期》	1966 年
P.37	貓和背著書包的孩子	《入學心得》（《小學一年級》附錄）	1969 年
P.39	書包	課外讀物《小學社會 1 太郎和花子》	1970 年
P.40	三個做實驗的孩子	《家庭教育 3 少年期》	1966 年
P.41	思考數學問題的女孩	雜誌《母親與生活》1969 年 4 月號	1969 年
P.42	掰手指數數的少女和少年	雜誌《母親與生活》1970 年 6 月號	1970 年
P.42	看著書發言的男孩	《家庭教育 3 少年期》	1966 年
P.43	舉手的孩子們	《家庭教育 3 少年期》	1966 年
P.45	握著手的少女和側著臉的少年	課外讀物《小學社會 1 太郎和花子》（習作）	1970 年
P.46	蕪菁	雜誌《母親與生活》1962 年 12 月號	1962 年
P.46	飛魚	廣告	1960 年代

EHON MADOGIWA NO TOTTO CHAN 1.2 KAN SETTO
© TETSUKO KUROYANAGI 2014
All rights reserved.
Original Japanese edition published by KODANSHA LTD.
Complex Chinese publishing rights arranged with KODANSHA LTD.
through Future View Technology Ltd.
本書由日本講談社授權親子天下股份有限公司發行繁體字中文版，版權所有，
未經日本講談社書面同意，不得以任何方式作全面或局部翻印、仿製或轉載。
Illustrations by Chihiro Iwasaki
Copyright © Chihiro Art Museum (Chihiro Iwasaki Memorial Foundation) 2015

經典故事坊 22

繪本 **窗邊的小荳荳 1**

作　　者｜黑柳徹子（Tetsuko Kuroyanagi）
繪　　者｜岩崎知弘（Chihiro Iwasaki）
譯　　者｜林真美

責任編輯｜張文婷
美術設計｜蕭雅慧
行銷企劃｜林育菁

天下雜誌群創辦人｜殷允芃
董事長兼執行長｜何琦瑜
媒體暨產品事業群
總經理｜游玉雪
副總經理｜林彥傑
總編輯｜林欣靜
行銷總監｜林育菁
副總監｜李幼婷
版權主任｜何晨瑋、黃微真

出版者｜親子天下股份有限公司
地　址｜台北市 104 建國北路一段 96 號 4 樓
電　話｜（02）2509-2800　傳真｜（02）2509-2462
網　址｜ www.parenting.com.tw
讀者服務專線｜（02）2662-0332　週一～週五：09:00~17:30
讀者服務傳真｜（02）2662-6048
客服信箱｜ parenting@cw.com.tw
法律顧問｜台英國際商務法律事務所 · 羅明通律師
製版印刷｜中原造像股份有限公司
總經銷｜大和圖書有限公司　電話：（02）8990-2588

出版日期｜ 2015 年 7 月第一版第一次印行
　　　　　2024 年 8 月第一版第十二次印行
定　　價｜ 750 元（全套兩冊不分售）
書　　號｜ BKKCF022Y
I S B N ｜ 978-986-92013-7-7（精裝）

訂購服務
親子天下 Shopping ｜ shopping.parenting.com.tw
海外 · 大量訂購｜ parenting@cw.com.tw
書香花園｜台北市建國北路二段 6 巷 11 號　電話（02）2506-1635
劃撥帳號｜ 50331356 親子天下股份有限公司

立即購買 >
有聲故事書

作者 **黑柳徹子**

日本知名作家、演員、電視節目主持人。生於東京。東京音樂大學聲樂系畢業後，加入 NHK 放送劇團，持續活躍於舞台表演。經年主持談話性電視節目「徹子的房間」，是日本最長壽的電視節目。其自傳故事《窗邊的小荳荳》1981 年出版，已累積銷售千萬冊，為日本史上最暢銷書，已被翻譯成 35 種語言。設立社會福祉法人荳荳基金會，支持成立專業的聾啞劇團。曾為聯合國兒童基金會親善大使，參與多項對社會有貢獻的活動。現為知弘美術館（東京·安曇野）館長。

繪者 **岩崎知弘**

1918 年生於日本福井縣，在東京長大。畢業於東京府立第六高等女學校。所學書法為藤原形成流派，曾拜岡田三郎助、中谷泰、丸木俊等人為師學畫。兒童是她畢生繪畫的主題，技法融合西方水彩和東方傳統繪畫技巧，細膩且風格獨具，曾獲小學館兒童文化賞、波隆納國際兒童書展插畫獎、德國萊比錫國際圖書設計展銅牌獎等榮譽。代表作有：《洗澡啦！》（維京國際出版）、《戰火中的孩子》（青林出版）、《下雨天看家》等。1974 年過世，留下超過 9400 張的作品。原來的畫室兼住家於 1977 年成為東京知弘美術館。1997 年，長野縣安曇野知弘美術館開館。
知弘美術館網址：http://www.chihiro.jp/

譯者 **林真美**

日本國立御茶之水兒童學碩士。推廣親子共讀繪本多年，為「小大讀書會」之發起人。目前在大學兼課，講授「兒童文學」、「兒童文化」等課程，近年並致力於「兒童權利」之推廣。策劃及翻譯繪本有【大手牽小手】（遠流出版）；【和風繪本系列】（青林國際出版）；【美麗新世界】、《小象散步》、《河馬先生》、《來跳舞吧》（親子天下出版）等逾百本。著有《在繪本花園裡》（遠流出版）、《繪本之眼》（親子天下出版）。